B.T.

Catalogage Electre-Bibliographie
Pham-Dao, Thérèse.
Le coq des pagodes et autres contes. - Paris : Syros, 2001.
(Contes nomades)
ISBN : 2-84146-966-2

DEWEY :	811.3 Albums et fiction. Contes et légendes
Public concerné :	Bons lecteurs (à partir de 9 ans)

9 bis, rue Abel-Hovelacque, 75013 Paris

Loi nº 49.956 du 16 Juillet 1949 sur les publications destinées à la jeunesse

Personnage dessiné par Béatrice Tanaka

Collection

Contes nomades

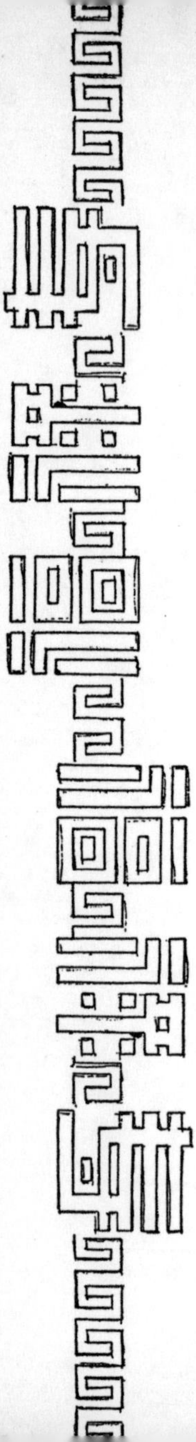

Motifs en bois inspirés de calligraphies chinoises qui décorent les murs et structurent l'espace.

Thérèse Pham-Dao

Le coq des pagodes

et autres contes

SYROS
jeunesse

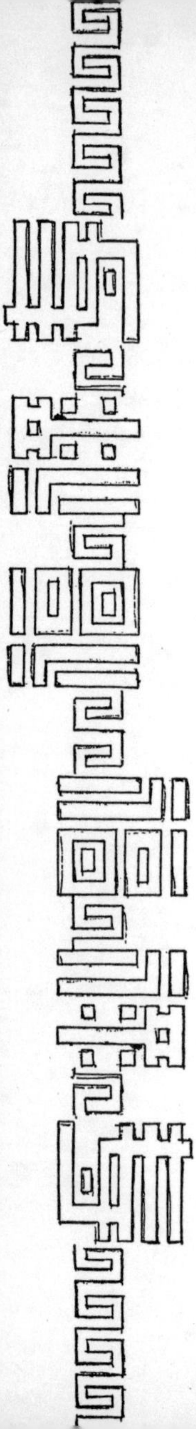

Culte des ancêtres, culte des génies, croyances bouddhistes, confucianisme et taoïsme… voici ce qui compose la culture et la religion du Vietnam, profondément influencées par les doctrines chinoises.

Pendant les mille ans que dura la domination chinoise, le peuple vietnamien fut profondément marqué par la morale confucéenne. La grande famille, le village, les quartiers forment la vie communautaire. Dans Le Livre des vers, *Confucius ne dit-il pas que « l'art de bien gouverner une nation consiste à mettre auparavant le bon ordre dans sa famille » ? Aussi, dès sa naissance, le Vietnamien s'attache à sa famille : il apprend à remplir ses devoirs de fils et de frère et, plus tard, ses devoirs d'époux. Quant à la femme, elle doit obéissance et fidélité à son mari, même au-delà de la mort. En bonne confucéenne, elle doit apprendre les arts féminins (*công*), les bonnes manières (*dung*), les préceptes (*ngôn*), et la vertu (*hanh*). Enfin, à sa mort, le défunt est relié au monde des vivants grâce au culte des ancêtres.*

Le bouddhisme est, lui aussi, très présent dans la culture et la religion vietnamienne. Selon cette doctrine, c'est l'homme qui crée son karma par ses actions, qu'elles soient bonnes ou mauvaises ; il doit ensuite en subir les conséquences. Le karma, qui partage les hommes en êtres supérieurs et inférieurs, les enferme dans le « samsâra *» c'est-à-dire, le « cycle de la réincarnation ». On peut ainsi se retrouver métamorphosé en toutes sortes d'êtres, homme ou animal, selon la vie que l'on a menée antérieurement. Ce sont l'Empereur de Jade et autres génies du ciel et de la terre qui ont pouvoir de vie et de mort sur les malheureux humains… D'un geste, ils peuvent raccourcir ou rallonger leur existence. L'homme qui parvient à rompre le cycle de la réincarnation, à anéantir la Cupidité, la Colère et la Passion, devient un bouddha et atteint le nirvâna.*

Les contes de ce recueil sont tous teintés du confucianisme ou du bouddhisme. Chacun contient une fin morale… À chaque lecteur d'en tirer une leçon !

LE COQ DES PAGODES

Il était une fois, au pays des fées et des dragons, une jeune fille de seize ans, aimable et douce, nommée Thu Nguyet. Orpheline depuis son enfance, elle vivait dans un petit village entouré de bambous avec son oncle et sa tante. Cette dernière tenait une échoppe où l'on pouvait acheter toutes sortes d'objets : des petites jarres de jus de soja ou de nuoc mam en passant par des peignes en bambou ou des boutons de lin noué.

Thu Nguyet devait faire tous les travaux ménagers et s'occuper de ses petits cousins et cousines. Tôt le matin, elle se levait pour cuire le riz et préparer le thé pour la famille. Elle travaillait toute la journée sans se plaindre en se disant qu'elle devait son bol de riz et ses habits à son oncle et sa tante qui l'avaient recueillie à la mort de ses parents.

Tous les mois, au premier ou au quinzième jour du calendrier lunaire, Thu Nguyet apportait des fruits et des fleurs en offrande à ses parents dont les tablettes mortuaires se trouvaient dans la pagode du village. Là, elle écoutait les enseignements de Bouddha professés par le bonze, gardien de la pagode. Elle comprit alors pourquoi le destin lui avait enlevé si tôt ses parents, pourquoi elle devait avoir recours à la charité de son oncle et de sa tante, pourquoi elle peinait comme une domestique. Tout venait de son karma : elle devait payer les dettes qu'elle avait contractées dans sa vie antérieure.

Thu Nguyet réfléchit longuement au sens de son existence. Enfin, elle décida de quitter la poussière du monde en suivant les traces de Bouddha pour mettre fin à son karma et gagner le Nirvâna.

Lorsqu'elle fit part de son souhait à son oncle et à sa tante, ceux-ci essayèrent de l'en dissuader, évoquant les multiples dangers qu'elle pourrait rencontrer sur la route, lui parlant de démons, de bandits, de fauves et d'ogres. Mais Thu Nguyet s'en moquait ! Elle se rasa le crâne comme les bonzes, se vêtit d'une tunique marron, emporta quelques vivres dans un balluchon accroché à un bâton de bambou et alla consulter le bonze de la pagode. Celui-ci lui révéla que le Nirvâna se trouvait à l'ouest, et qu'il lui faudrait toujours suivre le chemin du soleil couchant pour y parvenir.

– Ô bouddha Amidha ! soupira le

bonze. Beaucoup de bouddhistes sont partis à la quête du Nirvâna mais combien y sont parvenus ? J'admire votre résolution et je prie pour que Bouddha guide vos pas.

– Je vous remercie, ô vénérable, et j'espère que la miséricordieuse déesse Quan Am me soutiendra ! répondit Thu Nguyet, pleine d'enthousiasme.

Elle lui fit ses adieux et partit allègrement. Elle traversa des forêts profondes, escalada des montagnes abruptes, frôla mille dangers, mais rien ne put ébranler son cœur avide de béatitude. La voyant si ferme dans sa résolution et dans sa piété, Bouddha voulut la mettre à l'épreuve : il apparut au bord d'un chemin sous l'aspect d'un vieux mendiant vêtu de guenilles. Quand elle arriva à sa hauteur, il leva vers elle ses yeux ridés et lui dit :

– Au nom de Bouddha le miséricordieux, ayez pitié de moi, je n'ai plus rien à manger depuis trois jours !

La jeune bonzesse avait bon cœur, aussi

lui offrit-elle le dernier sachet de riz qui lui restait. Touché par sa générosité, Bouddha reprit sa forme normale : Thu Nguyet n'avait plus devant elle un vieux mendiant miséreux mais un être au visage serein, drapé dans une tunique safran, qui lui parla avec bonté :

– Mon enfant, ton courage et ta générosité m'ont ému. Pour te récompenser, je vais t'apprendre une prière qui pourra te sauver en cas de danger, car ta route est encore longue. Récite après moi :

Ô bouddha Amidha
Vous qui régnez dans le ciel
Et qui avez tout pouvoir sur terre
Sauvez-moi de tous les dangers !

La jeune bonzesse ferma les yeux et murmura pieusement la prière, les mains jointes sur la poitrine. Quand elle rouvrit les yeux, Bouddha s'était évanoui dans un nuage aux cinq couleurs. Elle reprit son chemin, plus résolue que jamais à gagner le Nirvâna. Elle marcha inlassablement, se nourrissant de plantes et de fruits sauvages, buvant l'eau fraîche des sources, dormant dans des abris de fortune.

Un soir, alors que le soleil descendait lentement à l'horizon, Thu Nguyet ne put plus continuer tant elle était exténuée. Pour comble de malheur, elle s'était perdue dans une forêt épaisse et obscure. Les hurlements des loups, les rugissements des fauves, les sifflements lugubres du vent parvinrent alors à ses oreilles. Il lui sembla même entendre des voix murmurer : « Voilà une proie bien appétissante ! Ça sent la chair fraîche ! On va pouvoir se régaler ! » Des spectres décharnés dansaient devant ses yeux effarés. Sans savoir quoi faire ni où aller, elle se remit en route.

Au plus fort de son désespoir, elle aperçut, au loin, une petite lueur… Rassemblant toutes ses forces, elle se releva et se hâta vers la lumière du salut ; elle arriva alors devant une paillote aux murs de terre, aux portes branlantes. Elle frappa pour demander l'hospitalité. Une voix sonore s'éleva et un rire strident fusa de l'intérieur :

– Entrez ! La porte n'est pas fermée ! Qui que vous soyez, vous êtes bienvenu chez nous. Ha ! Ha !

Hésitante, la jeune bonzesse poussa doucement la porte, entra timidement et se trouva subitement nez à nez avec... une ogresse ! Celle-ci ne semblait pas avoir d'âge : son visage jaunâtre et ridé était à moitié caché par de longs cheveux poivre et sel qui ne devaient pas avoir été peignés depuis des lunes et des lunes... À la vue de la chair tendre et fraîche, ses petits yeux rouges s'éclairèrent de bonheur. Elle tendit ses bras squelettiques et ses doigts crochus pour saisir sa proie ; ses lèvres découvrirent des canines prêtes à la déchirer. L'affreuse ogresse se lécha les babines en ricanant :

– Hé ! Hé ! Viens par ici, petite ! Viens par ici, que je t'embrasse avant de t'avaler !

Horrifiée, la malheureuse bonzesse

manqua de s'évanouir… Mais elle reprit rapidement ses esprits et se souvint de la prière de Bouddha. Aussitôt, elle se mit à réciter :

Ô bouddha Amidha !
Vous qui régnez dans le ciel
Et qui avez tout pouvoir sur terre
Sauvez-moi de tous les dangers !

À peine eut-elle entendu cette prière que l'ogresse devint douce comme une agnelle ; ses traits s'adoucirent, son visage se fit plus humain. Dans un geste de soumission, elle vint se prosterner devant la bonzesse. Au même moment, des cris et des pas firent trembler la forêt entière : c'était le fils de l'ogresse qui rentrait et qui avait senti de loin l'odeur de la chair humaine. Vite, vite, l'ogresse se hâta de cacher la jeune fille dans une malle d'osier contenant le linge. À l'instant, son fils entra et l'interrogea de sa voix tonitruante :

– Mère, où as-tu caché ton repas ? Je sens de la chair fraîche par ici…

– Tu te trompes, fils, je n'ai encore rien mangé et j'attends que tu me ramènes du gibier.

– Ne me mens pas, Mère ; je sais que tu veux tout garder pour toi. Dis-moi vite où tu as caché ta proie sinon, je vais tout détruire ! J'ai faim et je n'ai rien trouvé à manger aujourd'hui !

Devant le mutisme de sa mère, l'ogre se mit à renifler dans tous les coins ; sous la table, sous le divan de bambou… il ne trouva rien ! Furieux, il sortit et se dirigea vers l'abri à bûches en rugissant :

– Où l'as-tu cachée, Mère ? Proie, montre-toi vite !

Ne trouvant que le bois sec, il donna un violent coup de pied qui fit tomber tout le bois par terre. Il rentra en hurlant de rage. Ses yeux flamboyants s'arrêtèrent alors sur la malle qu'il n'avait pas remarquée. Il courut vers elle, l'ouvrit et cria d'une voix triomphante :

– Oh ! Oh ! Voilà un mets bien appétissant ! Et tu l'as caché pour toi seule, hein, mère ?

Il plongea sa grosse main velue dans la malle et sortit sa proie comme on sort un jouet de sa poche. L'ogre s'apprêtait à dévorer toute crue sa pauvre victime. Mourante de peur, Thu Nguyet ferma les yeux et récita encore une fois la prière :

Ô bouddha Amidha
Vous qui régnez dans le ciel
Et qui avez tout pouvoir sur la terre
Sauvez-moi de tous les dangers !

Aussi étrange que cela puisse paraître, le cruel cannibale sentit tout à coup ses entrailles se déchirer et ses membres faiblir. Il lâcha sa proie et la supplia de l'épargner. La bonzesse se mit alors à parler de la bonté de Bouddha et lui ouvrit les yeux sur le bien et le mal :

– Tout ce que nous faisons en cette vie entraînera des conséquences dans la vie future. Si vous tuez aujourd'hui, vous serez tué demain par vos propres victimes ; vous devrez leur payer vos dettes inscrites dans votre karma. Vous vous réincarnerez sous différentes formes et vous ne serez jamais délivré car la roue de la réincarnation tournera toujours.

– Comment arrêter cette roue ? demanda l'ogre, tout à coup ébranlé.

– Il faut bannir le désir, le plaisir et la convoitise qui sont sources de douleur. Il faut s'adonner à la prière et à la méditation et surtout renoncer au mal. Non seulement vous ne devez pas tuer les humains mais aussi les bêtes, qu'elles soient grandes ou petites.

– Pas même la fourmi ? interrogea l'ogre.

– Oui, car la fourmi pourrait être la réincarnation d'un humain qui s'est créé un mauvais karma.

– Et moi qui suis un méchant ogre, comment pourrai-je me délivrer et me faire pardonner ?

– Bouddha est miséricorde et tolérance. Un cœur purifié est un cœur de bouddha. Si vous vous repentez sincèrement, vous avez déjà trouvé Bouddha, conclut la bonzesse.

Ces paroles éclairèrent la conscience de l'ogre jusqu'alors obscurcie par les crimes. Il prit un couteau, s'ouvrit la poitrine, s'arracha le cœur et le donna à la bonzesse en lui disant :

– Remettez ceci à Bouddha si vous le voyez. Je n'ai que ce bien à lui offrir.

Puis il tomba à terre et mourut.

Le lendemain, la bonzesse prit congé de la vieille ogresse et reprit le chemin du Nirvâna, le cœur de l'ogre attaché à son baluchon. Elle marcha encore des lunes et des lunes, forte de se savoir si près du but. Cependant, avec le temps, le cœur du monstre repenti commença à enfler et à exhaler une odeur nauséabonde. Ne pouvant plus supporter la puanteur, la bonzesse jeta le cœur pourri dans un buisson.

Une lune plus tard, elle atteignit la porte du Nirvâna. Une grande allégresse s'empara de son âme et de son cœur : « Est-ce là le sentiment de béatitude dont il est question dans le *Livre des Quatre Vérités* ? », se demanda-t-elle. Un bodhisattva se présenta pour l'accueillir et l'amener auprès de Bouddha :

– Tu as traversé de multiples périls pour arriver au Nirvâna ; ta piété profonde t'a aidée à braver tous les dangers. As-tu, sur ton chemin, rencontré d'autres personnes prêtes à me consacrer leur vie ?

– Ô Bouddha miséricordieux ! J'ai rencontré un ogre qui était sur le point de me dévorer ; j'ai alors imploré votre protection et lui ai parlé de vos enseignements. Il m'a épargné la vie et m'a donné son cœur pour vous. Cependant, en cours de route, le cœur a pourri et j'ai dû le jeter.

– Comme c'est regrettable ! murmura Bouddha. Ta négligence a détruit toute ta vie de vertu ! Le cœur de l'ogre était le seul bien qu'il eût à m'offrir et tu ne me l'as pas apporté ! Alors, avant d'entrer définitivement dans le Nirvâna, tu vas me chercher ce cœur et me le rapporter.

Déçue, la bonzesse redescendit sur terre pour rechercher le cœur dont elle s'était si négligemment débarrassée. Malheureusement, elle ne se souvenait plus de l'endroit où elle l'avait jeté. Elle refit le chemin en sens inverse et, de son bâton de bambou, elle souleva les feuilles mortes, battit les buissons, chercha le moindre indice qui pourrait l'aider mais, hélas ! ses recherches s'avérèrent infructueuses : le cœur avait dû être mangé par quelque rapace ou quelque bête sauvage... La malheureuse bonzesse ne le retrouva jamais ! Et, à force de chercher, ses yeux fatigués devinrent rouges et sa tunique marron fut déchirée par les ronces. Elle marchait le dos courbé, le nez pointé vers le sol, les doigts grattant la terre... Avec le temps, elle prit peu à peu la forme d'un volatile aux yeux rouges et au plumage marron : c'était le coq des pagodes qui voletait de buisson en buisson, à la recherche de l'objet introuvable et du Nirvâna perdu !

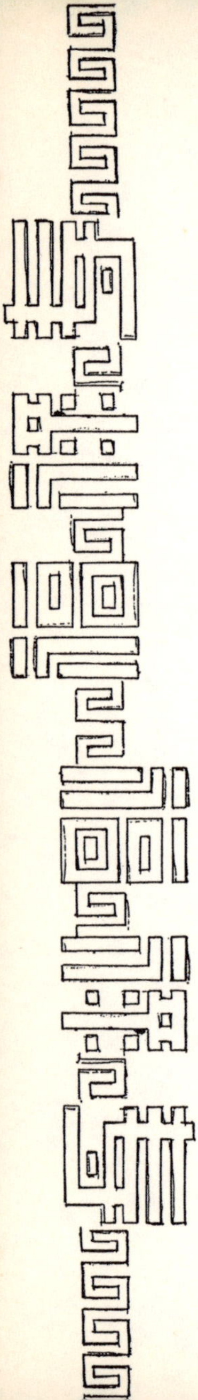

Les singes au derrière rouge

Il y a longtemps, bien longtemps, à une époque oubliée des anciens, vivaient un homme du nom de Keo, l'Avare, et son épouse Anh. Le couple était fort riche et possédait d'immenses rizières dans lesquelles des fermiers travaillaient. Ceux-ci devaient payer Keo en boisseaux de paddy après chaque récolte, qu'elle fût bonne ou mauvaise. S'ils ne pouvaient pas verser leur tribut, leur rizière était confisquée et leur famille chassée. Keo et Anh s'enrichirent sur le dos des pauvres fermiers. Ils entassèrent dans leur coffre-fort des lingots d'or dont la couleur ne lassait pas leur regard. Keo cherchait toujours à acquérir d'autres rizières tandis que Anh ne pensait qu'à s'acheter de superbes bijoux.

Lorsqu'ils atteignirent la quarantaine, ils étaient mariés depuis vingt ans et n'avaient toujours pas d'enfant. Qui allait s'occuper de leur vieillesse ? Qui entretiendrait leur culte lorsqu'ils seraient morts ? Pourtant, au lieu de faire la charité et d'implorer la bonté de Bouddha afin qu'il leur accorde une descendance, ils ne songèrent qu'à exploiter davantage leurs fermiers : l'un d'eux, n'ayant pu leur payer ses dettes, dut placer sa fille en gage chez eux. Malgré ses dix-sept printemps, Lotus avait l'aspect d'une fillette de quatorze ans. À son âge, les filles avaient déjà trouvé un époux, mais Lotus n'intéressait pas les garçons. Sa peau rugueuse comme celle du crapaud inspirait la répulsion, son nez épaté et ses petits yeux rendaient son visage ingrat. À son arrivée, Anh lui ordonna d'aider à la cuisine, de s'occuper du jardin et de balayer matin et soir les deux cours de l'immense propriété.

Malgré sa laideur, Lotus avait un cœur d'or et, contrairement à ses maîtres, elle aimait venir en aide aux malheureux. Un soir, à l'heure où les oiseaux regagnent leurs nids, Lotus balayait la cour intérieure. Fatiguée, elle s'appuya sur son balai et leva les yeux au ciel, enviant les oiseaux. Que faisaient ses parents et ses jeunes frères et sœurs en ce moment ? Mangeaient-ils à leur faim ?

Soudain, les aboiements des chiens interrompirent sa rêverie : une vieille mendiante se tenait sur le pas de la porte pour demander la charité. Les maîtres, qui étaient en train de festoyer avec leurs amis, furent furieux de se voir dérangés. Ils ordonnèrent de lâcher les chiens pour chasser l'importune.

La malheureuse femme s'en alla, le dos courbé, le visage caché sous son chapeau en feuilles de latanier. Lotus la suivit et la conduisit au pied d'un badamier :

– Mes maîtres ont un cœur de pierre, ils ne peuvent pas comprendre la souffrance des pauvres, lui dit-elle pour la consoler. Ne soyez pas affligée et attendez-moi ici.

Elle courut vers la maison. Un moment après, elle reparut avec un bol de riz et des baguettes :

– Tenez, voici ce que j'ai pu trouver dans la cuisine pour calmer votre faim, lui dit-elle.

Émue, le vieille mendiante lui prit les mains et la remercia :

– Tu as un visage disgracieux mais un cœur généreux ! J'aimerais te rendre heureuse ; aussi vais-je te confier un secret : quand tes maîtres t'enverront chercher des fleurs dans la forêt, tu te dirigeras vers une source située au nord-ouest, à quelques lieues d'ici.

Tu t'y baigneras et tu verras les merveilles qui s'opéreront en toi : cette source t'apportera une jeunesse éternelle et une santé florissante.

À peine avait-elle prononcé ces mots que la vieille femme se transforma en une fée vêtue de bleu et disparut dans un nuage rosé par le soleil couchant. Lotus resta bouche bée avant de se prosterner pour la remercier. Elle garda pour elle ce secret et attendit le moment propice pour aller dans la forêt.

Quelque temps après, Anh envoya Lotus cueillir des orchidées, ses fleurs préférées, dans le bois. Sans oublier la recommandation de la fée bienfaitrice, la jeune fille chercha la source, se lava le visage et se baigna dans l'eau limpide et fraîche. Heureuse, elle rentra chez ses maîtres, convaincue que, désormais, elle aurait pour elle la jeunesse et la santé.

Or, les jours suivants, Lotus sentit des démangeaisons au visage et dans tout son corps. Elle se gratta et constata que sa peau s'écaillait : la peau rugueuse fit place à une nouvelle, lisse et rose comme la fleur de pêcher ! Le cœur battant, elle courut vers le puits pour se mirer : elle eut peine à reconnaître le visage qui se refléta dans l'eau. Était-ce bien elle, cette fille aux fins sourcils, aux yeux de phénix ? La nouvelle Lotus était ravissante à faire chavirer les cœurs !

Ses maîtres, fort intrigués, l'interrogèrent :

– Qu'as-tu bu comme potion médicinale pour changer ainsi de peau ? Tu es totalement métamorphosée ! Qui t'a donné le remède ?

– Je suis simplement allée me baigner dans une source qu'une fée m'a indiquée, répondit Lotus avec sincérité.

– Quelle fée ? Et où se trouve cette source ? demanda Anh, envieuse.

– La fée qui est venue un soir vous demander la charité et que vous avez chassée. Comme je lui ai donné un bol de riz, elle m'a remerciée en me disant d'aller me baigner dans la source.

– Ma petite Lotus, reprit Anh d'une voix étrangement douce, peux-tu m'indiquer le chemin ?

– Oui, maîtresse !

– Et qu'a dit encore la fée ?

– Elle a dit que la source donnera une éternelle jeunesse à ceux qui s'y baigneront.

– Bon, tu peux retourner à ton travail maintenant, ma fille, et demain, tu me montreras le chemin, n'est-ce pas ?

– Oui, maîtresse !

Lotus partie, Anh se tourna vers son mari et lui susurra :

– Cette source pourra nous apporter la jeunesse et la fortune ! Imagine que nous puissions l'exploiter et vendre son eau : une ligature de soixante sapèques pour un tout petit flacon ; dix taels d'argent pour un grand flacon et que dire d'une jarre d'eau de cette source miraculeuse ! Demain, nous irons d'abord nous y baigner et ensuite, nous penserons à notre commerce, jubila-t-elle.

– Ton idée est vraiment excellente ! reconnut Keo. On dit que la richesse vient des amis et les honneurs de sa femme mais, dans mon cas, je crois que c'est l'inverse !

Tous deux éclatèrent de rire gaiement.

Le lendemain, selon les indications de Lotus, mari et femme allèrent dans la forêt, trouvèrent la fameuse source et se jetèrent dans l'eau pour se baigner. Ils y passèrent un long moment, pensant qu'un bain prolongé leur apporterait une plus grande beauté et une plus longue jeunesse. Ils regagnèrent ensuite la berge mais à peine furent-ils sortis de l'eau qu'ils virent leur corps et leurs membres se couvrir de poils ! Horreur ! Ils étaient transformés en singes ! Honteux et furieux, ils coururent à perdre haleine chez eux pour demander des comptes à Lotus.

Entre-temps, la fée était apparue à la jeune fille et lui avait dit :

– Tes maîtres, méchants et cupides, ont été punis par le génie de la source : ils ont été transformés en singes. Ils te rendent responsable de leur malheur et ils vont revenir ici pour te châtier. Mais n'aie pas peur : tu vas prendre quelques charbons ardents que tu vas poser devant la porte pour les chasser définitivement de cette maison.

Lotus obéit à la fée. En effet, quand les deux singes arrivèrent, ils s'assirent, essoufflés, sur les morceaux de charbon qu'ils n'avaient pas vus et se brûlèrent le derrière ! Ils poussèrent des cris de douleur et s'enfuirent tout droit dans la forêt. Jamais plus on n'entendit parler d'eux. Et c'est depuis ce jour que certains singes ont le derrière rouge !

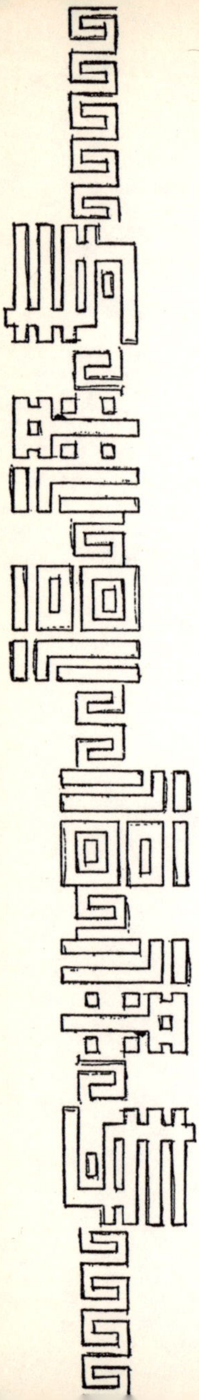

Le cheval et les dix-huit brigands

Il y a plus de deux mille ans, dans la ville de Binh Lap, à cinquante lieues de la capitale du royaume Au Lac, vivait un homme riche et vertueux du nom de Dai Long, ce qui signifie Dragon Géant. C'était le plus grand bijoutier de la région. De nombreux et fidèles domestiques le servaient avec zèle, car il les traitait avec bonté et leur versait un salaire honnête. Sa femme, qui veillait sur l'éducation de leurs quatre enfants, le secondait dans son commerce. Leurs deux garçons, âgés respectivement de dix et douze ans, apprenaient les lettres et les armes tandis que leurs deux filles, de quatorze et seize ans, faisaient de la broderie, de la musique et de la peinture, comme la tradition l'exigeait.

La demeure de la famille, avec ses orchidées rares, ses bonsaïs séculaires, son toit de tuiles rouges décoré à chacun des quatre coins d'un dragon pour chasser les mauvais esprits, était d'un luxe sans pareil.

Toutes ces merveilles avaient peu d'attraits comparées à la bête que le bijoutier avait acquise deux printemps auparavant. C'était un beau cheval au pelage noir et soyeux qui était arrivé on ne savait comment, devant sa demeure, un soir de pleine lune. Il parlait comme vous et moi, discutait de religion et savait prédire le futur. Dai Long le traitait comme un être humain et exigeait des domestiques qu'ils le soignent avec considération.

La richesse du bijoutier fut bientôt connue dans toute la province. Elle éveilla la convoitise d'une bande de dix-huit brigands qui semaient la terreur dans la région. Plusieurs fois, le roi envoya l'armée à leurs trousses mais toujours, elle revenait bredouille. Les brigands étaient insaisissables ! Ils surgissaient de nulle part, comme des fantômes et, une fois leurs crimes accomplis, disparaissaient comme des démons.

Leurs têtes furent mises à prix pour dix mille taels d'or. La somme était alléchante, mais qui oserait s'attaquer à ces terrifiants bandits ?

Un matin d'été où tout paraissait calme dans la vaste propriété, le cheval noir se présenta devant Dai Long et lui dit :

– Maître, demain à la troisième veille, la

bande des dix-huit brigands viendra vous piller. Aussi, à l'aube, vous ferez acheter dix-huit cochons de lait, dix-huit jarres d'alcool de riz et vous donnerez l'ordre qu'on prépare un somptueux banquet pour les attendre. Ensuite, laissez-moi faire.

Dai Long, sans poser de questions, suivit à la lettre les recommandations du cheval ; il fit préparer le banquet, accrocher les lanternes et les guirlandes à la porte comme aux jours de fête.

À la troisième veille, les gens entendirent des galops de chevaux qui ébranlèrent la terre, des éclats de sabres qui déchirèrent le silence. Les chiens, paniqués, se mirent à hurler à la mort, les enfants n'osèrent plus pleurer, et tout le monde se barricada derrière ses portes.

Les dix-huit bandits s'arrêtèrent devant la demeure du bijoutier. Quelle ne fut pas alors leur surprise ! La porte était grande ouverte et la cour intérieure généreusement éclairée comme si le maître de la maison attendait des invités ! Ils descendirent de leurs chevaux, franchirent le portail et trouvèrent les domestiques alignés avec respect sur deux rangées. Le chef de la bande attrapa un domestique, le souleva de terre et, pointant son sabre sur sa poitrine, lui cria :

– Dis-moi donc ce que ton maître est en train de mijoter contre nous !

– Sei… seigneur, je… je ne suis au courant de ri… rien, bégaya-t-il, tremblant comme un margouillat. Mon maître m'a… m'a simplement dit… dit de vous at… attendre i… ici…

Le bandit le laissa tomber à terre et fit signe à ses compagnons de le suivre. Ils pénétrèrent brutalement dans la maison comme s'ils étaient chez eux et trouvèrent dans la grande salle le bijoutier qui les accueillit avec sérénité :

– Seigneurs, je savais que cette nuit vous viendriez visiter mon humble demeure ; aussi avais-je donné l'ordre à mes gens de vous préparer ce modeste repas. Je vous prie de me faire l'honneur d'y goûter.

Les bandits furent troublés malgré eux. La minute de surprise passée, le chef de la bande demanda :

– Savez-vous lire l'avenir ?

– Non, seigneur, pas moi, mais mon cheval ! répondit le bijoutier.

– Comment ? Vous vous moquez de moi ? s'écria le bandit. A-t-on jamais entendu une bête qui parle ?

– En général, non, Seigneur, mais la mienne connaît le langage des hommes.

– Où est-elle, cette perle rare ? Je veux la voir. Qu'on me l'amène !

Le bijoutier fit venir le cheval qui avança d'un pas tranquille. Les bandits tournèrent autour de l'animal, l'examinèrent avec curiosité, mais ne lui trouvèrent rien de particulier.

– C'est ça votre perle rare ? ironisa le

chef de bande. Ce n'est qu'un vulgaire canasson comme les nôtres !

– Non, Seigneur, je ne suis pas un cheval ordinaire comme vous le croyez, déclara la bête.

– Co… comment ? Mais tu sais donc parler comme nous ? balbutia le bandit. Es-tu génie ou démon ?

– Ni l'un ni l'autre, répondit l'animal. Écoutez plutôt mon histoire : dans ma vie antérieure, j'étais un être humain, comme vous. J'étais bien pauvre, et j'avais contracté une lourde dette envers mon maître que voici. Comme je n'avais pas pu la lui rembourser de mon vivant, le souverain de l'Enfer a ordonné à ma mort que je sois réincarné en cheval pour payer ma dette. Je dois donc, dans cette vie, le servir jusqu'à mon dernier souffle. Sachant que vous veniez le piller cette nuit, je l'ai prévenu dans l'espoir de vous amener à la repentance. Il est encore temps de changer de vie, sinon vous souffrirez mille martyrs dans le royaume de l'Enfer et vous vous réincarnerez en êtres inférieurs dans vos vies futures. Vous n'avez qu'à me regarder pour en tirer la leçon.

Les paroles du cheval firent longuement réfléchir les dix-huit bandits. Quel serait leur sort après leur mort ? Ils ne touchèrent à aucun bien du bijoutier et se retirèrent sur la pointe des pieds. Cette nuit-là, les gens purent dormir paisiblement.

Des mois durant, toute la région de Binh Lap fut étonnamment calme. Des mandarins, qui n'avaient pas oublié les dix mille taels d'or, envoyèrent des placets au roi, l'informant de l'anéantissement total des bandits dans l'espoir de toucher la récompense.

La vérité était que les dix-huit brigands s'étaient retirés dans une pagode, à mille lieues de Binh Lap, vers le nord, au pied d'une montagne rocheuse. Là, tôt le matin et tard le soir, des voix psalmodiaient des prières rythmées par les sons de crécelle et de gong. Les bandits convertis menaient une vie de piété, ne pensant qu'à secourir les malheureux qui se présentaient à leur porte. Ils distribuaient leur fortune aux miséreux, se contentant d'une existence de pauvreté.

Après leur mort, ils devinrent dix-huit arhats, au visage terrifiant mais au cœur de bouddha. Aujourd'hui, dans toutes les pagodes du Vietnam, leurs statues sont vénérées des fidèles.

福 祿 壽

La perle de la mer de Chine

Il était une fois un couple de jeunes pêcheurs qui vivait paisiblement dans une petite maison de bois, au pied de la chaîne de montagnes Ngu Hoanh dominant la mer de Chine.

Chaque jour, Liem l'Intègre allait à la pêche tandis que Phuong, sa femme, reprisait les filets ou s'occupait du potager. Le couple n'avait pas d'enfant, mais Liem et Phuong étaient heureux : il leur suffisait d'attraper quotidiennement quelques poissons à échanger contre quelques mesures de paddy pour être satisfaits de leur sort. Ils ne demandaient ni richesse ni fortune, pourvu qu'ils fussent en bonne santé et qu'ils s'aimassent longtemps, très longtemps, jusqu'à ce que leur chevelure fût blanche et leur dentition moins solide.

Ce matin-là, le vent était calme et la mer sage. Liem observa le ciel puis, prenant son filet, il fit quelques recommandations à sa femme et poussa son sampan vers le large. La matinée passa tranquillement. Mais, dans l'après-midi, le temps changea subitement : la mousson se leva, rendant la mer houleuse. La petite embarcation de Liem tanguait comme une bille dans une boîte d'allumettes. Le pauvre pêcheur ramait de toutes ses forces dans l'espoir de regagner au plus vite le port. Il croisa quelques amis dans une situation tout aussi périlleuse.

Liem invoqua la déesse de la miséricorde et le génie des eaux; il appela à la rescousse la baleine qui, d'après les croyances ancestrales des pêcheurs, vole au secours des marins en détresse en soutenant leur bateau jusqu'au port.

Malgré les invocations de Liem, la mer impitoyable engloutit le pêcheur et son frêle sampan.

La nuit descendit à pas feutrés; quelques pêcheurs rejoignirent enfin le port. Phuong demanda partout des nouvelles de son mari, mais personne ne l'avait revu après le crépuscule. Alors la jeune femme courut sur la plage et cria le nom de son époux; elle ne reçut, pour toute réponse, que l'écho de sa voix rapporté par le vent… Le cœur lourd d'angoisse, elle revint à la maison, alluma la petite mèche qui trempait dans l'huile puis, brûlant trois baguettes d'encens devant l'autel des ancêtres et de Bouddha, elle confia son mari à leur protection.

Les jours filaient comme la navette du tisserand et Liem ne donnait toujours aucun signe de vie. Phuong se rendait tantôt sur la plage, tantôt sur le port pour quêter des nouvelles du disparu, mais les gens à qui elle s'adressait secouaient la tête. Elle appela le ciel, le ciel ne répondit pas. Elle interpella la mer, la mer resta impassible. La malheureuse femme n'avait plus de larmes pour pleurer. Son cœur se serrait de chagrin, son potager se desséchait, les filets de pêche se balançaient tristement au vent marin.

Ne pouvant plus supporter l'atmosphère endeuillée de la petite maison du bonheur, Phuong se mit en route à la recherche de son époux. Elle traversa des villes et des villages, parcourut des lieues et des lieues, se renseigna auprès des autorités mandarinales… Liem était introuvable.

Un soir, dans la brume du crépuscule, Phuong parvint à une forêt de longaniers. Brisée de fatigue, elle s'endormit au pied d'un arbre. Au milieu de la nuit, un grand bruit ébranla le sol et la tira de son sommeil. Elle se releva, se frotta les yeux et vit devant elle un vieillard aux cheveux argentés, à la longue barbe blanche qui tombait en cascade. Il s'appuya sur un grand bâton noueux, la fixa de son regard perçant et lui demanda d'une voix retentissante :

– Femme, d'où viens-tu ? Que fais-tu sur mon territoire ?

– Seigneur, je suis une malheureuse épouse qui recherche son mari, bégaya Phuong, tremblante de peur. Il a disparu en mer depuis trois lunes et j'ignore s'il est encore de ce monde ou si le génie des eaux le retient prisonnier. J'ai parcouru des lieues pour le retrouver, en vain ! Nous ne pouvons pas vivre l'un sans l'autre…

– Ton histoire est bien dramatique ! reconnut le vieillard. Je suis le génie de cette terre et je surveille toute cette région. Je vais demander aux autres génies s'ils ont vu ton mari. Reste ici et, demain, je reviendrai à la cinquième veille pour te donner des nouvelles.

Le vieillard brandit son bâton et disparut dans la terre. Phuong se prosterna et le remercia. Une lueur d'espoir s'alluma dans son cœur affligé.

Le lendemain, à la cinquième veille, la terre trembla de nouveau et le bon génie surgit. Phuong s'agenouilla à ses pieds et attendit :

– Femme, ta fidélité envers ton mari a ému tous les génies. Ils m'ont fait savoir que ton époux a échoué sur une île située à mille lieues d'ici. Pour que tu puisses le rejoindre, je te donne cette perle magique ; garde-la dans ta bouche, elle te fera survoler les océans et les mers, les prés et les montagnes. Ta route sera ainsi moins longue et tu arriveras plus vite auprès de ton mari. Cependant, souviens-toi bien de ceci : pendant que tu voles, ferme les yeux et n'ouvre jamais la bouche. Si tu laisses tomber la perle, tu tomberas avec elle. Va, et sois heureuse !

Ayant prononcé ces mots, le vieillard disparut avec fracas. Phuong se prosterna longuement, le cœur rempli de gratitude.

Elle attendit que l'aube se lève pour mettre la perle dans sa bouche, comme le lui avait recommandé le génie bienfaisant. Soudain, elle se sentit soulevée dans les airs. Elle ferma aussitôt les yeux. Le vent sifflait à ses oreilles. Combien de temps vola-t-elle ? Elle ne le savait pas trop.

Dès que ses pieds touchèrent le sol, elle rouvrit les yeux et se trouva dans un pré verdoyant. Elle regarda à droite, puis à gauche.

Personne ! Elle fit quelques pas au hasard et, arrivée à une falaise, elle aperçut une silhouette qui lui rappela son cher disparu. Elle n'osait pas encore prononcer son nom quand l'homme se retourna et la vit. Les yeux dans les yeux, ils se dévisagèrent, se croyant dans un rêve. Ils se jetèrent alors dans les bras l'un de l'autre, s'embrassèrent à travers leurs larmes, se racontèrent leurs peines et leurs souffrances. Puis ils décidèrent de rentrer chez eux, dans leur petite maison du bonheur, au pied de la chaîne de montagnes Ngu Hoanh, où ils pouvaient contempler, jour après jour, le soleil se coucher sur la mer de Chine.

Avant de s'envoler, Phuong expliqua à son mari la magie de la perle. Elle le pria d'enlacer sa taille et de fermer les yeux. Tous deux volèrent comme deux moineaux épris, serrés l'un contre l'autre. Tout à coup, alors qu'ils se trouvaient au-dessus de la mer de

Chine, Phuong aperçut au loin leur petit nid d'amour. Dans son excitation, elle oublia les recommandations du génie bienfaisant et ouvrit la bouche pour faire part de sa joie à Liem. Hélas ! la perle s'échappa et tomba dans l'eau.

Les époux, privés de la magie de la perle, plongèrent droit dans la mer. Ce fut le génie des mers qui les reçut. Pris de pitié pour leur attachement mutuel, il les transforma en limules, le mâle enlaçant la femelle.

Aujourd'hui encore, on les rencontre sur les plages de la mer de Chine, à marée montante, solidement attachés l'un à l'autre… D'où l'expression : « *Deo dinh nhu sam* », qui signifie « être lié comme des limules » et qui désigne les gens dont on ne peut pas se débarrasser !

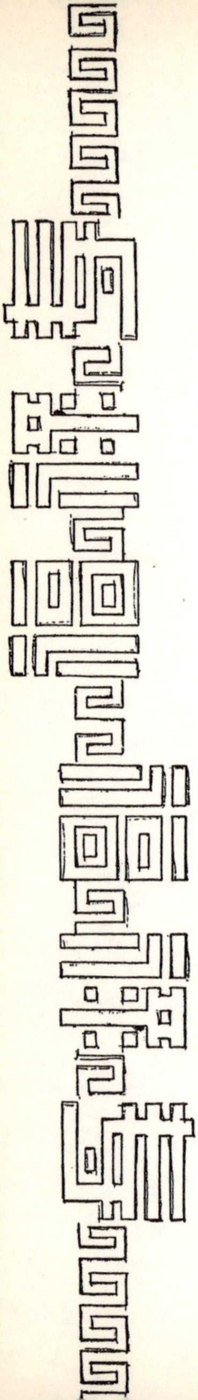

L'or de Ro le Grêlé

Ro, le Grêlé, ainsi nommé à cause de sa figure marquée de trous, était très pauvre et devait mendier pour vivre. Partout où il allait, il était repoussé comme un pestiféré. Un soir, épuisé et mourant de faim, il s'affaissa, à demi inconscient, à l'orée du bois.

Soudain, il vit briller, à deux pas de lui, des pièces jaunes. Il s'en approcha timidement, les toucha du bout des doigts, les porta à sa bouche. Il les mordilla pour s'assurer que c'était de l'or. Et en effet, c'était bien de l'or ! Fou de joie, il tenta de ramasser le trésor inespéré et de le fourrer dans sa besace. Mais brusquement, un cri strident déchira le ciel et fit trembler la terre. Une voix tonitruante s'éleva :

– Homme, comment oses-tu dérober mon or ?

Le gueux leva les yeux et aperçut un génie au milieu d'un nuage bleu, pointant vers lui son bâton de bambou.

– Je… je ne savais pas que cet or vous appartenait, ô génie vénéré ! balbutia le misérable.

Voyant que l'homme était vêtu de haillons, le génie reprit, la voix radoucie :

– Je compatis à ta misère, aussi je te permets de prendre autant d'or que tu le désires. Mais tu dois me promettre une chose : une fois que tu seras riche, tu ne devras pas oublier les pauvres. Tu les secourras, tu leur ouvriras ta porte s'ils sont dans le besoin. N'oublie jamais qui tu étais.

– Je vous le promets, ô génie bienfaisant ! assura le mendiant.

Du jour au lendemain, grâce à cet or, l'homme put s'acheter une belle maison et vécut dans la richesse. Il oublia rapidement ses années de misère et de privations. Il oublia aussi la promesse donnée au génie. Il fut totalement transformé, tant physiquement que moralement. Il troqua ses guenilles contre des tuniques de soie et de brocart. Il marcha la tête haute, la mine altière, brandissant son bâton d'ivoire au pommeau d'or. Il changea aussi de caractère ; il existe un proverbe vietnamien qui dit : « On change d'ami quand on s'enrichit ; on change d'épouse quand on s'anoblit ! »

Ro faisait partie de ces gens qui oublient vite leur passé, qui n'ont pas de mémoire. Il refusa de partager sa richesse avec les nécessiteux, il ne pensa qu'à amasser les biens et à les entasser.

Un beau matin, un mendiant misérablement vêtu se présenta devant sa belle demeure. Le nouveau riche envoya son chien pour le chasser ; mais dès que l'animal sortit de la maison, le mendiant disparut et une voix se fit entendre du ciel :

– Homme, je suis le génie qui t'avait tiré de la misère et qui t'avait accordé toute cette richesse dont tu jouis aujourd'hui. Mais, hélas ! je m'aperçois que tu as vite oublié la parole que tu m'avais donnée. Tu n'as pas secouru les malheureux qui ont tendu la main vers toi ; tu les as chassés comme on t'avait chassé autrefois. Et, puisque tu es devenu méchant et avare, je vais te transformer en fourmi pour que tu passes le reste de ta vie à entasser les biens de ce monde.

Un bruit assourdissant éclata et transforma le méchant riche en une toute petite fourmi ! C'est pourquoi, aujourd'hui, nous voyons ces bestioles toujours affairées, toujours occupées à amasser tout ce qu'elles trouvent sur leur chemin !

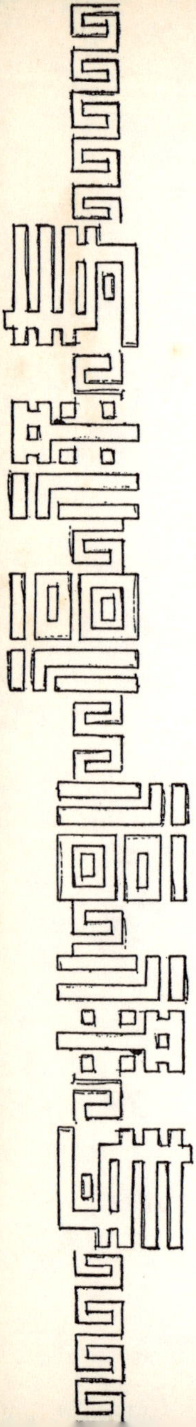

Le crabe Da Trang

Un chasseur nommé Da Trang vivait dans une paillote, à la lisière de la forêt. Un soir, en revenant de la chasse, il vit un serpent noir qui se débattait entre les griffes d'un lion. Il arma son arbalète, visa le fauve et le tua d'une flèche.

Pour le remercier, le serpent cracha à ses pieds une perle luisante et disparut dans les broussailles. Da Trang avait entendu dire par les anciens que les perles de serpent possédaient des pouvoirs magiques ; aussi se dépêcha-t-il de la ramasser.

La nuit, un génie au visage noir lui apparut en songe :

– Da Trang, le serpent que tu as sauvé tout à l'heure n'était autre que moi, le génie de la forêt. La perle que tu as reçue en guise de remerciement te donnera le pouvoir de comprendre le langage des animaux. Elle t'aidera à faire bonne chasse.

Le lendemain, Da Trang mit la précieuse perle dans sa bouche et partit à la chasse. Lorsqu'il entra dans la forêt, il entendit une petite voix qui disait :

– À gauche, à deux cents pas, il y a un cerf !

Levant la tête, il distingua entre les branches un corbeau qui le regardait. Da Trang suivit son conseil : il prit la direction indiquée, compta ses pas, et enfin, quand il aperçut l'animal, décocha sa flèche, tuant le cerf sur le coup. Au même moment, la voix perçante de l'oiseau se fit entendre :

– N'oublie pas de me laisser ses entrailles !

– Où veux-tu que je te les dépose ? demanda le chasseur.

– À une lieue d'ici, au pied du grand banian, répondit le corbeau.

Da Trang s'acquitta de sa dette et porta le gibier au marché. Ainsi, chaque matin, le corbeau lui indiquait ses proies et Da Trang lui laissait toujours sa part à l'endroit convenu.

Un jour cependant, l'oiseau ne trouva pas sa part au pied du grand banian. Celle-ci avait dû être dérobée par quelque bête de la forêt, mais l'oiseau crut que son associé avait manqué à sa parole. Il se rendit donc chez Da Trang et lui fit de violents reproches. Le chasseur eut beau s'expliquer, le corbeau ne voulut rien entendre et l'accabla d'injures. Dans sa colère, Da Trang lui décocha une flèche mais l'oiseau l'évita habilement et s'envola en criant :

– Je me vengerai ! Je me vengerai, foi de corbeau !

Deux jours après, des soldats vinrent arrêter Da Trang : on avait retrouvé sur le corps d'un homme une flèche portant son nom. Ne pouvant prouver son innocence, Da Trang fut jeté en prison. Il n'eut alors d'autre distraction que d'écouter les bêtes se parler : leur conversation l'amusait, il en riait et, se prenant au jeu, il leur répondait. Le geôlier le prit même pour un fou.

Un matin, Da Trang se morfondait dans sa cellule quand il entendit les fourmis se dire entre elles :

– Dépêchons-nous de déménager nos provisions, il y aura bientôt une grande crue !

Puis il surprit la discussion des moineaux :

– Nous avons mangé tout le grenier de riz du roi… Il était si mal gardé !

Da Trang demanda au geôlier d'apprendre ces deux nouvelles au gouverneur de la prison. Mais personne ne prit sa parole au sérieux et tout le monde se moqua de lui, le traitant de fou.

Or, trois jours plus tard, des pluies abondantes firent gonfler les eaux des fleuves, inondant plusieurs régions, détruisant les récoltes. De peur que le peuple ne meure de faim, le roi fit ouvrir la réserve de riz pour secourir les victimes. À la stupéfaction générale, le grenier était vide ! Ainsi, les prédictions de Da Trang s'étaient avérées exactes.

Le roi le fit venir, l'interrogea et apprit toute l'histoire, depuis le don du serpent génie jusqu'à la vengeance du corbeau. Très intéressé par son récit, le roi garda Da Trang à la cour et lui emprunta sa perle. Il alla écouter les bêtes, petites et grandes, se parler. Il fut émerveillé de découvrir leur monde et s'aperçut que les animaux n'étaient pas si différents des hommes. Ils éprouvaient les mêmes sentiments que les humains : l'allégresse, la colère, la passion, la haine, et, hélas ! parlaient souvent pour ne rien dire, ou disaient du mal les uns des autres !

Après avoir découvert le monde animal sur terre, le roi voulut connaître le monde aquatique. Il s'embarqua avec Da Trang pour de longues croisières ; ils naviguèrent sur toutes les mers, visitèrent des sites remarquables, écoutèrent les conversations amusantes des poissons et des crustacés. Et, une fois de plus, le roi constata que les bêtes, quelles qu'elles fussent, se ressemblaient toutes : mesquines et jalouses, cruelles et envieuses. Elles se disputaient pour des futilités, se tuaient pour un bout de territoire, tout comme les humains. Un matin, arrivé à un cours d'eau, il vit deux tanches nager, serrées l'une contre l'autre comme deux amoureux ; elles chantaient en cadence :

Folle, folle est la carpe
Qui veut jouer de la harpe !
Sot, sot était le brochet
Qui, hier, s'est étranglé
Pour avoir trop mangé

La chanson était si drôle que le roi éclata de rire et laissa tomber la perle dans l'eau ! Fou de douleur, Da Trang plongea aussitôt pour la repêcher. Mais ses efforts furent inutiles : la perle restait introuvable !

Da Trang était désespéré. Il refusa de se nourrir, ne pensant qu'au moyen de retrouver son trésor. Par compassion, le roi fit venir les meilleurs plongeurs pour fouiller le fond de la rivière, mais rien n'y fit. Peut-être la perle avait-elle été emportée dans la mer ! Le roi fit déverser des milliers de charrettes de sable pour combler la mer mais ses tentatives restèrent vaines. Da Trang pleura amèrement nuit et jour et finit par mourir de désespoir. Il emporta son chagrin dans le royaume des Enfers et fut transformé en petit crabe qui amassait les grains de sable, poursuivant inlassablement son entreprise.

Aujourd'hui, on entend encore chanter ces deux vers pour évoquer quelqu'un qui se lance dans une tâche impossible :

Da Trang xe cat bien dong
Nhoc nhan ma chang ra cong can gi !
Le crabe Da Trang transporte le sable dans la mer de l'Est,
Il peine sans jamais parvenir à ses fins !

Et, sur la plage, de bon matin, à marée basse, on remarque de tout petits monticules de sable formés par les minuscules crabes « da trang » qui passent leur temps à combler la mer, à la recherche du trésor perdu !

Le génie de la vie et le génie de la mort

Il y a longtemps, bien longtemps, à l'époque où le chemin qui reliait le ciel à la terre était encore praticable, les génies et les fées aimaient descendre sur les sommets des montagnes : là, ils contemplaient la nature et observaient le travail des hommes. À chaque endroit où ils laissaient des traces de leur passage, les gens faisaient ériger des temples pour les vénérer.

Dans un petit village du royaume de Van Lang, vivait une pauvre paysanne et son fils nommé Hieu, le Pieux. Chaque jour, le garçon allait chercher du bois dans les montagnes pour aider sa mère à gagner sa vie. Il ne croyait pas trop les villageois qui lui disaient pour l'effrayer que ces lieux étaient fréquentés par les divinités.

Un matin, après avoir lié son bois, Hieu se reposait au bord d'une source quand, tout à coup, son fagot se mit à sauter sur l'arbre. Stupéfait, Hieu bondit pour le rattraper mais le bois retomba aussitôt sur le sol. Le garçon voulut le ramasser… le fagot roula ailleurs ! Enfin, après de multiples tentatives, le jeune bûcheron parvint à mettre la main dessus. Sans plus tarder, il le porta au marché pour l'échanger contre quelques mesures de paddy. Tout en marchant, il pensa à ce que lui avaient raconté les anciens du village sur la présence des divinités dans les montagnes… Peut-être les avait-il vexées en venant troubler leurs promenades ?

Les jours suivants, Hieu n'osait plus revenir chercher du bois dans les montagnes. Un soir, comme il rentrait du marché, il aperçut sur le bord du chemin le corps d'un vieillard inanimé. En s'approchant, il constata que le vieil homme respirait à peine. Saisi de compassion, Hieu le porta chez lui et, aidé de sa mère, il le soigna de son mieux. Quelque temps après, le malade fut rétabli. Il remercia ses bienfaiteurs et, avant de les quitter, il prit Hieu à part et lui dit :

– Mon garçon, je te sais gré de m'avoir sauvé et, comme je sais lire l'avenir, je vais te confier un secret : dans le courant de l'année, la mort viendra te chercher car ton nom est inscrit dans le registre des morts. Cependant, pour te prouver ma reconnaissance, je vais t'indiquer l'endroit où tu pourras trouver le génie de la mort afin de lui demander grâce. Tu mérites de vivre, car tu es dans la fleur de la jeunesse et j'ai pu constater ta piété envers ta mère, ta bonté envers ton prochain. Aussi, demain à l'aube, tu emporteras avec toi deux tasses et une gourde de vin puis tu prendras la direction de l'est qui te mènera à une forêt. Tu traverseras cette forêt et tu continueras jusqu'à ce que tu trouves une cascade aux eaux limpides. Ensuite, tu graviras une montagne et, au sommet, tu verras deux génies, celui de la vie et celui de la mort, qui joueront aux échecs. Surtout n'élève pas la voix, reste auprès d'eux et, quand ils te demanderont à boire, verse-leur ton vin. Lorsqu'ils auront fini de jouer, tu pourras alors présenter ta requête.

Sur ces mots, le vieillard s'en alla.

Le lendemain matin, à l'heure où la rosée enveloppait encore la nature de son manteau de fraîcheur, Hieu prit congé de sa mère. Il n'oublia pas d'emporter une gourde de vin et deux tasses dans un balluchon, s'enveloppa dans une cape de paille tressée pour se protéger du froid des montagnes et marcha en direction du soleil levant. Il marcha des jours durant, sans s'arrêter.

Quand il parvint à la forêt dense et obscure, Hieu fut saisi de frayeur : les hurlements des loups et les rugissements des fauves entrecoupaient un silence inquiétant… Seul son amour pour sa mère le poussa à continuer sa route. Après de longues journées de marche, il sortit enfin de la forêt, ébloui par le soleil qui se montra dans toute sa splendeur. Au loin, le grondement d'une cascade se faisait entendre : le bruit de l'eau le conduisit à une rivière d'une pureté indicible. Tout autour, des fleurs d'une rare beauté et des oiseaux au plumage coloré égayaient le paysage. Serait-ce ici le pays des fées et des génies ? L'endroit était tellement paradisiaque que le garçon aurait voulu y passer le restant de sa vie. D'ailleurs, combien de temps lui restait-il à vivre ? Deux mois ? Six mois ? Le vieillard avait omis de le lui dire. Alors pourquoi ne pas mourir dans ce cadre enchanteur et laisser son âme se fondre dans cette nature éthérée, loin des tracas humains ?

Mais Hieu se souvint tout à coup de sa mère sans soutien qui l'attendait. Il lui avait pourtant promis de revenir au plus vite. Aussitôt, il ramassa son balluchon et se remit en route. Il arriva bientôt au pied d'une montagne superbe dont le flanc était entouré de nuages aux couleurs pâles. Il la gravit et, une fois sur la cime, aperçut deux vieillards à barbe blanche et au teint rose, profondément absorbés par leur partie d'échecs. Ils ne l'entendirent pas venir. Le garçon s'approcha discrètement et attendit en silence. Un instant après, l'un des génies appela :

– Apporte-nous à boire !

Hieu remplit les deux tasses de vin,

s'agenouilla et les présenta respectueusement aux deux vieillards qui burent sans le regarder, toujours absorbés par leur jeu. Le temps passa lentement mais le garçon ne perdit pas patience.

Enfin, la partie s'acheva et les deux génies se levèrent ; alors Hieu se jeta à leurs pieds et les implora :

– Ô génies bienfaisants ! Je me nomme Hieu, j'ai dix-sept ans et je vis avec ma mère qui est vieille et faible. Aujourd'hui, j'ose venir troubler votre repos pour vous supplier de m'accorder la vie sauve afin que je puisse aider ma mère qui n'a que moi comme soutien.

Les deux génies se mirent en colère :

– Qui a osé t'apprendre ta mort prochaine ? Les secrets des dieux ne doivent en aucun cas être divulgués aux mortels !

Le pauvre garçon trembla comme un margouillat à la queue coupée ! Les minutes s'écoulèrent. Hieu se prosterna, tête baissée, devant les deux vieillards qui l'observèrent en silence. Au bout d'un moment, le génie de la vie caressa sa barbe et prit la parole :

– Ta piété filiale envers ta mère et ta bonté envers ton prochain ont su toucher mon cœur. Aussi vais-je t'accorder cent ans de vie !

Puis, se tournant vers le génie de la mort, il lui demanda :

– Mon ami y voit-il un inconvénient ?

– Aucunement, mon vénérable aîné ! répondit l'autre vieillard.

Alors, les deux génies ouvrirent un grand registre dans lequel était marqué le sort des humains et ils rectifièrent la date de la mort du jeune garçon. Puis ils agitèrent leur plumeau et s'envolèrent au ciel.

La légende raconte que Hieu vécut jusqu'à cent ans. Toute sa vie, il servit sa mère avec piété et aida les malheureux qu'il rencontra sur son chemin. Il essaya un jour de retourner sur la montagne des deux génies, mais la route avait été fermée par les ronces et la végétation sauvage. Les divinités avaient mis une barrière entre les deux mondes et aucun être humain n'avait plus emprunté le chemin du ciel.

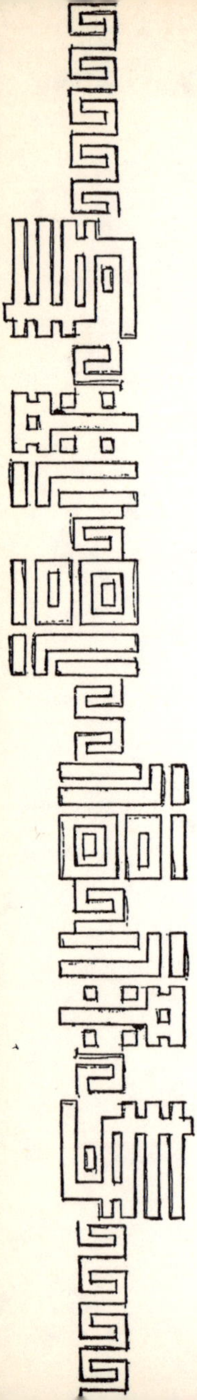

Le buffle et l'Empereur de Jade

Après avoir créé le monde, l'Empereur de Jade, qui régnait sur le ciel entier, convoqua les génies et les fées à sa cour et leur dit :

– Je m'aperçois qu'il n'y a pas encore de céréales sur la terre. Je veux faire semer ces graines pour que l'homme puisse en bénéficier. Qui peut se charger de cette mission ?

Le génie Or Resplendissant se porta volontaire. L'Empereur de Jade déclara :

– Je vous confie dix sortes de graines et une botte d'herbe. Vous sèmerez d'abord les céréales, puis vous jetterez l'herbe sur les sols non cultivés pour verdir la terre. Si vous désobéissez à mes ordres, vous serez puni !

– Tout sera fait comme vous le souhaitez, Sire, promit Or Resplendissant.

Il mit son chapeau aux bords recourbés et s'envola vers la terre.

À mi-chemin, il fut distrait par un gracieux ballet de fées : celles-ci s'affairaient à la préparation d'un banquet en l'honneur de la visite des trois grands bouddhas, Çakya-Mouni, Amidah et Quan Am la Miséricordieuse. Il suivit des yeux la fée Pivoine qui cueillait les pêches qui rendent immortel. Il observa la fée Perle de Rosée déposer sur la table de jade les cinq offrandes bouddhiques constituées d'eau parfumée, de fleurs, d'encens, de riz et de cierges.

Absorbé par ce spectacle ravissant, il oublia les recommandations de l'Empereur de Jade et, lorsqu'il arriva sur la terre, il sema l'herbe en premier. Comme cette plante poussait rapidement, elle se multiplia à vue d'œil et bientôt tout le sol en fut recouvert !

Lorsque Or Resplendissant s'en aperçut, il eut un sursaut de frayeur : l'ordre de l'Empereur de Jade lui revint à l'esprit. Il s'empressa de jeter pêle-mêle les graines de céréales pour essayer de réparer le mal qu'il avait fait. Mais, hélas ! il était déjà trop tard, il ne restait plus assez de place pour laisser pousser le blé, le maïs et le riz !

Du haut de son trône céleste, l'Empereur de Jade vit l'herbe proliférer aux dépens des céréales. Très en colère, il rappela sur-le-champ Or Resplendissant :

– Vous n'avez pas tenu compte des ordres que je vous avais donnés, le réprimanda-t-il. Vous avez été vraiment irresponsable !

Par conséquent, je vais vous expulser sur la terre pour que vous rachetiez votre faute. Vous vivrez avec l'homme et vous lui obéirez. Vous mangerez toute l'herbe que vous avez semée jusqu'à la fin des temps !

Ces mots à peine prononcés, l'Empereur de Jade mit ses propos à exécution : le ciel s'assombrit en plein jour et des éclats effrayants déchirèrent l'atmosphère. Or Resplendissant tomba sur la terre et se transforma en buffle avec des cornes aussi recourbées que les bords de son chapeau.

Aujourd'hui encore, il continue de manger l'herbe et aide l'homme à labourer les rizières. Et dans ses yeux brille une lueur d'or resplendissant, trace de sa vie antérieure !

MINH, LE BON FILS

Minh le Lumineux, qui avait perdu sa mère tout petit, était élevé par son père dans une modeste paillote, au bord du fleuve Tuong. Chaque jour, son père allait cueillir des feuilles de mûrier pour nourrir les vers à soie qui constituaient le seul revenu de la petite famille.

Les saisons passèrent et le père se courbait de plus en plus sous le poids de l'âge tandis que le fils grandissait en force et en sagesse, comme une belle plante sous le soleil.

Lorsqu'il atteignit sa vingtième année, Minh dit à son père de se reposer et prit en charge la subsistance de la famille. Il alla travailler chez le tisserand du village. Ouvrier consciencieux, bon fils, au physique agréable, Minh avait toutes les qualités d'un gendre modèle et d'un mari idéal. Son père lui répétait souvent :

– Mon cher fils, j'aimerais que tu me donnes une bru et des petits-enfants pour combler mes vieux jours. Je voudrais voir notre lignée assurée avant de rejoindre les ancêtres.

– Ne soyez pas pressé, Père, vous vivrez encore longtemps, répondit le jeune homme. Je préfère vous servir avec piété encore quelques années avant de songer au mariage. D'ailleurs, je n'ai pas encore trouvé femme qui me convienne.

– Ne sois pas trop exigeant, mon fils, car le temps file vite, soupira le père.

Quelques mois plus tard, le vieillard tomba malade ; toutes les économies épargnées par Minh filèrent chez l'apothicaire. Les potions médicinales que le jeune homme ramena pour revigorer son père, ne donnèrent aucun résultat et, par une nuit de pluie abondante, le vieillard alla rejoindre ses ancêtres.

Minh se lamenta et pleura amèrement. Il voulut enterrer dignement son père, mais n'avait plus d'argent pour lui acheter un cercueil. Il se refusa à envelopper le cadavre dans une natte et à l'enfouir à trois pieds sous terre, comme s'il s'agissait d'un vulgaire animal. Comment aurait-il pu encore regarder les ancêtres en face ?

Le lendemain, le jeune homme se rendit chez son maître, le tisserand, pour lui emprunter trois cents taels d'argent.

– Je veux bien te prêter cette somme, répondit le tisserand qui s'aperçut qu'il pourrait tirer profit du malheur de Minh, à condition que tu me tisses trois cents coupons de soie de plus et que tu me rembourses l'argent emprunté, augmenté de dix pour cent d'intérêt. Acceptes-tu ces conditions ?

Ne pouvant faire autrement, le jeune homme dut s'incliner et signa le papier de reconnaissance de dette. Il calcula : « Il me faudra au moins un an pour tisser les trois cents coupons de soie. Mais que faire ? Je n'ai pas d'autre solution et mon pauvre père mérite tous les sacrifices de ma part. N'a-t-il pas sacrifié toute sa vie pour moi ? »

Après l'enterrement de son père, Minh commença à tisser pour rembourser sa dette. Il tissa le jour, il tissa la nuit, il oublia même de manger et de dormir. Un matin, il dut interrompre son travail pour se rendre dans un village voisin afin d'accompagner une parente de sa mère vers sa dernière demeure. En chemin, il fut arrêté par une jeune fille au teint de porcelaine, aux yeux d'amande, aux dents régulières comme des grains de maïs. Elle était vêtue d'une tunique rose à trois pans et portait un chapeau à franges. Elle demanda d'une voix claire et douce :

– Ami, où allez-vous si vite ? Ne voulez-vous pas vous reposer un moment dans cette auberge et partager un bol de thé avec moi ?

Minh fut surpris par l'attitude audacieuse de la jeune fille et ne répondit pas. Il continua son chemin tout en pensant que cette fille devait être une fille de joie ou une renarde fantôme qui avait pris une forme humaine pour le taquiner. Or, la belle le suivait toujours et lui proposa même le mariage ! Interloqué, Minh s'arrêta, la regarda dans les yeux et lui dit :

– Mademoiselle, je ne suis pas le mari qu'il vous faut. Je suis très pauvre et j'ai encore des dettes à payer.

– Mais justement, je peux vous aider à payer vos dettes ! insista la jeune fille.

– Comment ? interrogea Minh.

– Je sais tisser et, sans me vanter, je suis sûre qu'aucune fille ne peut me surpasser. Alors, voulez-vous m'épouser ?

– Hélas ! je ne le peux car je porte encore le deuil de mon père.

– Ce n'est pas un problème majeur. Dans un premier temps, je vous aiderai à tisser pour rembourser vos dettes et une fois votre deuil achevé et les dettes payées, nous pourrons songer au mariage, proposa la jeune fille.

Devant la bonne volonté de la belle inconnue et trouvant sa proposition logique, Minh accepta. Tous deux rentrèrent donc au village et se mirent à l'ouvrage. Ils tissèrent sans relâche nuit et jour et, au bout de trois mois, ils finirent les trois cents coupons de soie pour le créancier. Minh les lui porta pour régler ses dettes.

Sur le chemin du retour, le jeune homme se sentit soulagé et heureux. Il pensa à la tisseuse qui l'avait aidé pendant ces trois mois, à son attitude qui ne correspondait pas à la façon dont elle l'avait abordé, à sa beauté et sa douceur. Il se creusa l'esprit, chercha des mots pour lui exprimer sa gratitude, son respect et même ses tendres sentiments. Il lui dirait d'attendre la fin de son deuil pour devenir son épouse. Il lui confierait son rêve secret : à eux deux, ils tisseraient de magnifiques coupons de soie et leur vie serait pareille à leur œuvre !

Cependant, lorsque Minh rentra dans sa modeste paillote, il ne vit plus la jeune tisseuse. Il eut beau la chercher, il ne la trouva nulle part ! Le jeune homme courut vers le fleuve, dans l'espoir de la voir en train de laver le linge. Seul un faon qui se désaltérait s'enfuit en le voyant. Il courut au marché, se disant qu'elle était peut-être allée acheter quelques vivres et une gourde d'alcool de riz pour fêter l'événement. Mais, dans la foule indifférente, il ne reconnut point la silhouette familière. La mystérieuse tisseuse était bel et bien partie ! Pourquoi ? L'avait-il vexée par son attitude incorrecte ou ses propos déplacés ? À bien réfléchir, il avait toujours été convenable et déférent envers elle. Pourquoi le quittait-elle aujourd'hui alors qu'elle lui avait proposé le mariage quand elle l'avait rencontré ? Minh s'en voulut de ne pas lui avoir demandé son village d'origine pour qu'il pût aller la retrouver.

Pendant qu'il errait, l'âme en peine, il entendit une voix l'interpeller. Il regarda de tous les côtés mais ne vit personne.

– Ami, je suis ici, appela la voix. Regardez au-dessus de vous !

Minh leva la tête et aperçut une jolie fée avec deux ailes blanches, dans une longue robe de soie immaculée qui flottait au vent. Elle était debout sur un nuage d'argent et lui parla ainsi :

– Je suis la fée Ngoc Lan. Je suis descendue sur terre et j'ai pris une forme humaine pour vous venir en aide car j'ai été touchée par votre piété filiale. Aujourd'hui, j'ai accompli ma tâche et je dois retourner au ciel : mon temps sur terre est terminé et la reine des fées me rappelle. Adieu, ami ! Puissions-nous nous retrouver dans une vie future !

Ces paroles achevées, la fée Ngoc Lan s'envola vers l'empire céleste.

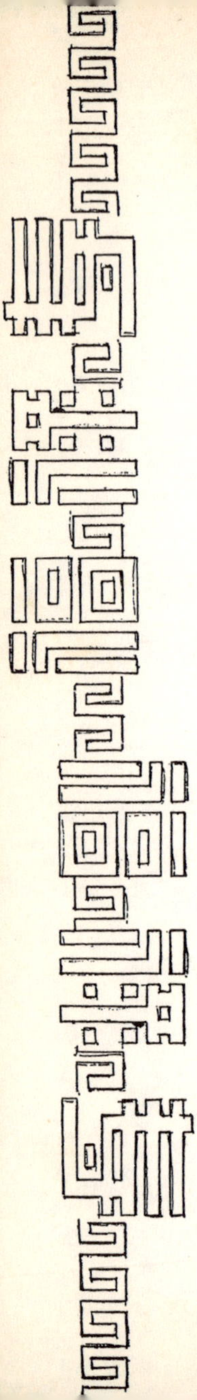

THÉRÈSE PHAM-DAO

Je suis née à Cãn Th, au Vietnam, en 1940.

Mon enfance a été nourrie de contes et légendes et d'histoires de fantômes. Mon père, qui était mandarin et écrivain, m'a transmis l'amour de l'écriture.

Diplômée de Lettres Modernes à Grenoble, je suis devenue professeur de français dans les lycées français de la Mission Culturelle de l'Ambassade de France à Saigon, au Vietnam, puis en France.

Riche d'une double culture, j'aime autant la littérature française que vietnamienne.

Ces contes sont destinés à tous ceux qui veulent découvrir l'âme du peuple vietnamien à travers ses croyances et ses légendes.

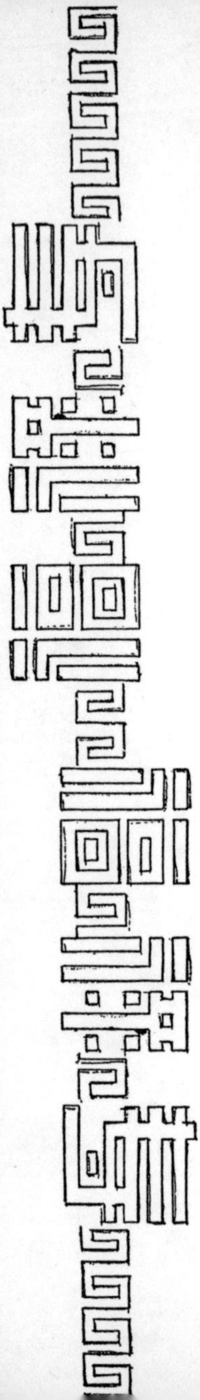

Table des matières

BUSSIÈRE CAMEDAN IMPRIMERIES
GROUPE CPI

Conception graphique : Ah ! Anne Meige
Impression réalisée sur Cameron
à Saint-Amand-Montrond (Cher)
en septembre 2001.
Dépôt légal : octobre 2001.
N° d'impression : 014244/1.
Imprimé en France